Triste cuíca

JULIA WÄHMANN

Triste cuíca

janela + mapa.lab

 Texto revisado segundo o novo
Acordo Ortográfico da Língua Portuguesa.

Produção editorial: mapa lab
Capa e ilustração: Elisa Pessôa
Arte-final de capa: Adriana Cataldo
Revisão: Marcella Sarubi
Diagramação: Abreu's System
Impressão e acabamento: Rotaplan Gráfica

Dados internacionais de catalogação na publicação (CIP)

W137t Wähmann, Julia, 1982-
Triste cuíca / Julia Wähmann. – Rio de Janeiro : Mapa Lab,
2024.
109 p. ; 21 cm.
Edição realizada pela Mapa Lab em colaboração
com a Janela Livraria.
ISBN 978-65-86367-90-4
1. Ficção brasileira I. Título.
CDD B869.3
CDU 821.134.3(81)-3

Bibliotecária: Ana Paula Oliveira Jacques / CRB-7 6963

janela + **mapa**.lab

mapalab.com.br | @amapalab
janelalivraria.com.br | @janela_livraria

I read the news today, oh boy!

The Beatles

Can you hear the drums, Fernando?

ABBA

O garoto esturricado de sol veste camisa polo rosa-bebê, bermuda, chinelos, casaco de moletom cinza, um blazer de alfaiataria, cinco fitinhas do Senhor do Bonfim amarradas no pulso direito. "I believe someone is better than worse/ friend than enemy" são os dois primeiros versos que leio, de rabo de olho, do caderno dele, sentado ao meu lado no avião. O poema se configura como uma extensa lista de opostos. Outros parecem mais confusos: "Highest heaven/ farthest self/ nothing is everything/ this of that." Alguns misturam Pokémons, mantras e pedidos de perdão. Tudo o que o garoto escreve tem uma aura de culpa. Talvez não sejam Pokémons. Ele só para de escrever pra esfregar os olhos e gargalhar baixinho, como quem tenta conter o riso. Como se soubesse de alguma coisa que ninguém mais sabe.

Na minha mochila, o caderno de capa amarela, praticamente esquecido durante a viagem. Era um diário de um período bem específico, desses que você escreve porque acha que está vivendo algo extraordinário. Eu tinha levado o caderno com a intenção de transformar aqueles dias em uma ficção. Não consigo pensar em nada mais óbvio. O texto ficou pela metade, um atestado tanto da preguiça quanto da falta de fé. Por diversas vezes, ao longo dos dias em que trabalhei nele, antes da viagem, tive momentos de clareza e soluções mágicas que inundavam a minha cabeça a ponto de me deixarem eufórica. Na prática, tudo ficava uma merda. Achei que seria interessante ler diários de grandes escritores. Achei que seria interessante ler alguma teoria sobre diários. Achei melhor não escrever nada. Os dias fora de casa empurrando o caderno pra depois.

No desembarque, a impressão era de que aquelas horas suspensas abriram um portal para uma nova realidade em que funcionários do aeroporto e das companhias aéreas vestiam máscaras, luvas e escudos plásticos de proteção sobre o rosto. Como se tivéssemos ido dormir em um mundo e acordado em outro. Poucos dias antes tudo parecia sob controle, a ameaça ainda muito distante, passível até de alguma piada.

Enquanto atravessava o terminal de Guarulhos, me sentindo nua sem qualquer aparato de proteção, pensei na caixa de máscaras cirúrgicas descartáveis que tenho em casa. Coisa de gente alérgica. Qualquer limpeza sempre foi executada com o que de repente parece valer ouro. Bruna diz que é péssima em cenários apocalípticos: ficou sem gasolina durante uma greve de caminhoneiros; sem garrafas de água mineral durante a crise de água no Rio. Não tem planejamento logístico nenhum para o fim do mundo.

Os jornais já falam sobre a procura por livros que tratam de epidemias; *A peste,* do Camus, torna-se um best-seller mundial; os cadernos culturais falam da produtividade de Shakespeare durante a peste. Thiago diz que lamenta o fato de que, nos dias que nos aguardam, nenhuma grande obra surgirá. As pessoas vão postar ainda mais selfies em redes sociais, ainda mais pratos de almoço e jantar, escreverão diários idiotas e se filmarão em casa dançando e pirando. Tendo a concordar com ele, mas ainda assim abro um caderno novo na tentativa de dar conta desses dias.

Sentados numa praça em Oaxaca, há uns cinco ou seis anos, três amigos e eu, um outro caderno no fundo da mochila, cada um de nós entretido com seus cafés e o movimento ao redor, crianças correndo, gente passando, vidas comuns acontecendo. Eu me ocupava em folhear um livro de poesia que tinha acabado de comprar, do Fabián Casas, escritor argentino. Quebrei o silêncio pra ler em voz alta os três versos finais de um poema que usaríamos muito dali por diante, e agora mais que nunca: "me pergunto em que momento/ os dinossauros sentiram/ que algo andava mal."

É sexta-feira no Centro da cidade e as despedidas habituais têm um peso incomum. Não sabemos quando estaremos todos no escritório de novo. A expectativa de uma quarentena nos amedronta, ao mesmo tempo que parece uma solução prática, algo que garante que em cerca de um mês estaremos com as rotinas restabelecidas. Ninguém exagera nos abraços, pois nos custa crer que tudo vá degringolar, apesar de especulações e previsões científicas. Fosse num filme americano, a cena seria piegas, com trilha sonora de efeito, induzindo ao choro fácil. Mas assim, na carne, é de meias-palavras, melancolia, um silêncio que se impõe.

Nos dias de limbo, enquanto aguardávamos a confirmação do fechamento de tudo, naqueles dois ou três dias em que achei que não havia tanto problema, almocei com Bel, tomamos um café no dia seguinte, já meio em clima de despedida temporária, meio assustadas, meio em negação. E se Bel for uma espécie de "pessoa designada", alguém que eu poderei continuar encontrando mesmo depois de já estabelecido o isolamento, afinal talvez já tenhamos nos arriscado? Sei que é ilógico. Thiago diz que já estamos atrasados. Deveríamos estar em quarentena há pelo menos uma semana.

Os jornais se dedicam a dar orientações sobre a quarentena, explicando a forma correta e eficaz de lavarmos as mãos e todas as suas reentrâncias. Há um certo consenso de que sair pra passear com o cachorro ou pra se exercitar ao ar livre, longe de aglomerações, não representa tanto perigo, desde que você consiga evitar encostar em qualquer superfície – maçanetas, portas, botões de elevador – e que, na volta pra casa, higienize todas as roupas, calçados, corpos e qualquer outro item que tenha tido contato com o mundo externo. Os jornais em breve deixarão de chegar em formato impresso nas portas das casas, porque aparentemente encostar em papel vindo da rua pode ser fatal. Contas de gás e luz, boletos bancários, panfletos de propaganda de dedetização: condenados, talvez contaminados.

Hesitante, decido acompanhar Mariana em uma caminhada, a ideia de ficar em casa sem botar o pé pra fora, por quinze dias, talvez um mês, me dá palpitação. Pensar que o futuro próximo será uma porta fechada, exceto para idas ao supermercado – como serão as idas ao supermercado?

Combinamos manter pelo menos três metros de distância uma da outra, dobrando a recomendação da Organização Mundial de Saúde. Mariana está com o cachorro, que logo se solta da guia e corre em minha direção, pula, me derruba no chão, seu jeito de fazer carinho. Tremo e choro como se tivesse sido atacada por um pitbull. Não sei o que os jornais dizem sobre isso. Não sei o que os cientistas que aparecem o tempo todo na tevê dizem sobre isso. Esfrego álcool em gel em todas as partes possíveis do meu corpo, mas poupo o cachorro e, afinal, sigo em frente com Mariana, mas ficando sempre pra trás, de propósito.

A certa altura, um vigia do bairro acena pra ela e logo pergunta: "Você se lembra do que eu te disse?" Mesmo que ela se lembrasse, ele contaria de novo. Nonato diz que foi à cachoeira algumas semanas antes e teve outra de suas visões. Um Anjo aparece pra ele desde a infância. Na última visita, o Anjo anunciava que a pandemia era "apenas o começo" e que o Criador havia soltado o Inimigo na Terra por um dia, a fim de testar a fé dos homens que, aos olhos Dele, estavam ocupados demais com a ciência. O vigia falava em tom alarmista, com faísca nos olhos, algo típico de quem se crê destinado a missões espirituais. A conversa se alonga, a cada vez que tentamos ir embora, o vigia nos enreda em mais detalhes e nuances do encontro com o Anjo na cachoeira.

O que me impressiona em pessoas como ele é que sua fé é uma âncora, e o que eles experimentam por meio da espiritualidade guarda alguma semelhança com o que experimentamos com as narrativas, em seus diversos suportes. As que temos a nosso dispor agora, no entanto, dão tanto medo quanto o olhar desenfreado do vigia.

Guilherme está com suspeita de caxumba. Inacreditável. Achei que já fosse uma doença erradicada. É a única pessoa com cacife pra ter caxumba em meio a uma pandemia de um vírus ainda praticamente desconhecido.

Do dia pra noite, brotam programas de videochamada. São dezenas de plataformas, todas exibindo quadrados preenchidos por rostos, o meu próprio em um deles. De repente me vejo falando, rindo, chorando como nunca vi antes. É esquisitíssimo. Mas o mais esquisito é a naturalidade como começo a fazer uso de dois ou três dos programas instantaneamente, como se sempre estivessem estado ali.

Há também um universo paralelo de plataformas de streamings, muitas das quais eu não conhecia. É como se o mundo já estivesse pronto pra tudo isso há tempos, e eu me pergunto o que eu fiz nos últimos anos que não conhecia nada disso. Me sinto um pouco como o Guilherme, totalmente demodê. Enfim, finalmente podemos passar horas enfiados em telas e conversas virtuais sem parecermos tão idiotas. Mas talvez seja cedo demais pra afirmar.

Ao contrário da Bruna, minha tia está pronta pro fim do mundo há pelo menos duas décadas. É ela que distribui potes de álcool em gel para a família, em um esquema de entregas planejado com excelência. De repente me pergunto se, assim como o garoto esturricado de sol do avião, ela já tinha algum tipo de informação privilegiada, já que não há álcool de nenhuma espécie disponível nos supermercados ou farmácias.

Uma colega de um curso que foi interrompido por causa da pandemia escreve um e-mail à turma, com uma ternura sem tamanho, querendo saber notícias e desejar que todos fiquemos bem. Junto do e-mail, chega também uma certa culpa, da minha parte, de não ter trocado mais que cumprimentos formais e tímidos com ela e os demais. Me pergunto se a quarentena vai ser um longo período de arrependimentos e revisionismos. Uma véspera de ano novo eterna, com uma lista de novas resoluções por dia.

A colega do curso nos conta que, na comunidade onde mora, os "meninos do movimento" já estão vendendo o material deles seguindo protocolos, com um vidro de álcool em gel sobre a mesa, cantando hinos evangélicos de luvas, armados até os dentes. Ela diz que esperou pra ver se o primeiro comprador faria uso do álcool antes de pôr a mão em sua droga. Ele fez.

Quantos mundos em pandemia existem para além de nossas casas?

É verão, há uma média de sete pessoas por raia. Paloma está na mesma raia que eu e, à vontade neste ambiente cheio, conhece os truques para chegar ao outro lado da piscina sem colidir com ninguém. Ela dispara em direção à outra borda em braçadas precisas. Quando acho que vai fazer a cambalhota pra voltar, ela para, tira um caderno e uma caneta não sei de onde e começa a fazer anotações. Os outros nadadores repetem o gesto. Percebo que sou a única pessoa que ficou na outra margem da piscina. Procuro o salva-vidas de plantão, lanço um olhar como quem pede explicações. Ele revira os olhos e balança a cabeça, como se tudo fosse evidente. Isso foi o que sonhei e o que contei a Paloma, no dia seguinte. Ela me respondeu com um texto de Blanchot: "Escrevemos para salvar os dias, mas confiamos sua salvação à escrita, que altera o dia."

Um dos clichês da infância eram os diários com cadeado e desenhos infantis coloridos na capa. "O pequeno recurso contra a solidão que ele garante." Eu não tinha lido o Blanchot, claro, apenas fazia o que era esperado de uma menina nos anos 1980-90. O primeiro dos muitos volumes de uma gaveta, protegido por uma minúscula chave agora oxidada, traz na capa uma família de ursos e, na folha de rosto, a inscrição "guardador de segredos" em uma caligrafia desconjuntada, típica das primeiras palavras. Que segredos pode ter uma criança de sete anos?

Os diários, reservados a assuntos íntimos, conviviam com as agendas, que tratavam do cotidiano, cada dia enfeitado com recortes de revistas, frases, trechos de letras de músicas, citações. "A vida é um sutiã, meta os peitos" hoje soa como uma sentença cruel.

Os diários da adolescência são um oceano de constrangimento. A maioria das entradas é um melodrama de quinta, focado em pequenos fracassos. As perguntas que me faço hoje sobre aquela época ficam sem respostas, o que me leva a um exercício de futurologia em que me pergunto o que eu acho que gostaria de me lembrar a respeito dos dias de hoje. O que será que vai fazer sentido reler daqui a vinte ou trinta anos, que perguntas eu vou fazer daqui a vinte ou trinta anos.

"Que tipo de diário eu gostaria que fosse o meu?", pensa Virginia Woolf, em 10 de junho de 1919, aos 37 anos. Era uma terça-feira e ela fala sobre o hábito de reler os próprios escritos. Afirma a um possível futuro leitor que pode escrever muito melhor e discorre sobre como a prática do diário lhe parecia um bom treinamento para o que considerava sua "escrita profissional", um treinamento que soltava um pouco os ligamentos. Mais adiante, alerta para o risco de ligamentos frouxos demais: o diário não deveria ser elástico a ponto de abraçar qualquer coisa.

Virginia começou a escrever diários na adolescência e os manteve até poucos dias antes de tirar a própria vida em 1941. Os diários eram compostos por folhas de papel avulsas que se aproximam das dimensões de um A4. Virginia as encadernava à mão. As capas eram feitas de papéis italianos coloridos e estampados, também usados para encadernar livros da Hogarth Press, a editora que ela dirigia com o marido, Leonard. Ela usava o mesmo tipo de caderno para escrever seus livros. É Leonard quem descreve os cadernos, no prefácio da primeira edição dos diários de Virginia, organizada por ele e publicada em 1953.

É curioso que ela se refira a esses cadernos como "livros" enquanto os escrevia. Há diversas passagens e trechos em que ela teoriza ou analisa os próprios diários, e lá está a palavra: livro. Na tradução e no original.

A questão dos vestígios é um pensamento que me persegue. Talvez seja um bom momento pra me aventurar pelos meus cadernos, reler meus escritos. Guardar uma ou outra página que pareça mais significativa ou interessante de um determinado período, e destruir o resto. Resumir o passar dos anos com o que parecer mais relevante, falsear um pouco as memórias, de maneira que não me envergonhem. Sugerir que tive uma vida um pouco mais emocionante, e até me convencer disso também.

Guilherme me envia uma mensagem com o trecho de um livro em destaque: “Então vai ser difícil viver aqui. Teremos muita sorte se for só difícil.” É Saramago, autor que nunca li, confesso a ele, meio tímida, e ele responde: “Imagina, tudo a descobrir!” É tão bonito quando leitores apaixonados vislumbram a possibilidade de formarem uma linha sucessória. Ele acha que o mais difícil vai ser lidar com as imagens dos corpos. Que não teremos condições de lidar com isso do jeito certo. Que abril vai ser longo.

Em casa as plantas crescem, indiferentes a tudo.

Em uma entrevista publicada em 1984 acerca dos diários de seu pai, Maria Julieta, filha de Carlos Drummond de Andrade, diz que "rasgar papéis é outro hobby do poeta". Drummond escreveu diários por cerca de trinta anos, e, ao longo deste tempo, pareceu se perguntar, algumas vezes, o porquê de se escrevê-los, atividade que ele caracterizou como um "mirar-se no espelho do presente".

Pelo que conta sua filha, Drummond era diligente no ato de registrar e apagar: "(...) todas as noites pica minuciosamente os [papéis] que abarrotam a cesta de seu escritório, depois de dobrar cada folha em duas e em quatro partes, para subdividi-la em sucessivas partes menores. Tudo isso é envolto em jornal e atado com barbante." Garantia, assim, um belo pacote, e a impossibilidade de reprodução das páginas, que se perdiam irremediavelmente.

De suas anotações feitas entre 1943 e 1977 saiu o livro *O observador no escritório*, um volume econômico que soma 315 dias que sobreviveram à destruição. "Rasguei o resto (...), ao descobrir como é absurdo o sujeito ficar passando para o papel, numa espécie de masturbação, o que está vendo e sentindo, como se ignorasse isso."

É uma questão universal, parece. No fim dos anos 1960, a mãe da escritora francesa Annie Ernaux queimou os diários da filha, certa de que o fazia em nome da “saúde social” de Annie. Ela acreditava que dessa maneira preservaria as boas aparências de sua filha, que tinha se tornado professora de literatura, tinha um bom casamento e dois filhos. Em um livro autobiográfico no qual fala sobre suas descobertas sexuais e feminismo, Annie Ernaux escreveu: “A verdade sobreviveu ao fogo.”

A quarentena parece um concurso de produtividade. A cada minuto, surgem memes, listas de músicas temáticas, receitas culinárias, pães de fermentação natural feito por gente que mal sabia cozinhar um ovo, bolos que parecem deliciosos, mas talvez estejam solados, ou com açúcar demais, aulas de yoga – e posturas de yoga, as mais complexas e circenses, claro –, de inglês, de chinês, de tricô, de crochê, de origami, lives, entrevistas, papos, painéis, conferências, cursos, panelaço contra o presidente na janela todo dia, no mesmo horário, o grito entalado na garganta, a comunhão com os vizinhos, as mensagens que chegam dos amigos em seguida: "Perdi a voz", "fiquei rouco", "quebrei três colheres de pau", "projetamos frases de protesto na parede da varanda", "a frigideira até entortou", "demos gritos coordenados com a família do 702".

Digito e apago diversas vezes o início de uma mensagem para um colega de trabalho. Acabo optando pela abertura que se tornará padrão em qualquer língua: *Caro Greg, espero que esta mensagem te encontre bem.*

Da Espanha, uma colega de trabalho me escreve: "Dear Julia, It breaks my heart to read about Brazil." Meu coração também se estilhaça todo dia ao abrir o jornal.

Da Romênia, recebo um e-mail no qual a assinatura faz uma contagem das vítimas de coronavírus naquele país.

Da Alemanha, outra colega de trabalho responde a uma mensagem exclamando: "So, so lovely to hear from you!" e, embora não nos conheçamos, de todo, ela pergunta sobre minha família, quer saber se todos estamos bem e saudáveis. Ilustra o quanto deve ser surpreendente, para um estrangeiro, saber que ainda há gente viva no Brasil, este lugar onde cada um é seu próprio ministro da Saúde.

Diante dos e-mails contundentes que recebo, repenso minha saudação padrão, buscando ser mais condizente com esses tempos horríveis. *Dear Greg, espero que esta mensagem te encontre bem nestes dias tão sombrios.*

Talvez eu devesse enviar a todos os versos de Oswald de Andrade: "O Brasil é uma república federativa cheia de árvores e gente dizendo adeus."

Eu gostava de ligar a televisão quando chegava em casa do trabalho, passadas as oito horas de escritório, mais as idas e vindas do trânsito, a natação ou a ginástica às seis da manhã. Procurava qualquer coisa fácil, um programa pra desopilar. Acabava encontrando certa paz de espírito assistindo a reality shows sobre decoração de ambientes. Embora a dinâmica de todos fosse parecida, havia um que me despertava um fascínio particular, em que a apresentadora era a proprietária de uma loja de móveis e recebia clientes à procura de peças específicas. No primeiro bloco, ela ouvia o pedido do participante do episódio e o repetia em seguida a seus interlocutores do programa. No segundo bloco, percorrendo também outras lojas e antiquários, uma narração em off nos lembrava o que havia sido pedido pelo participante. No terceiro bloco, a apresentadora encontrava a peça e a levava para restauros, pinturas etc., enquanto narrava a todos – interlocutores e espectadores em suas casas – o pedido inicial do cliente. No quarto e último trecho do programa, durante o encontro do móvel com seu novo dono, filmado de todos os ângulos possíveis, mais uma vez, ouvíamos a explicação desde o início.

A tática de narrar o mesmo objetivo repetidamente era hipnotizante. Como se, ao escrever um diário de notas sobre qualquer assunto, eu precisasse escrever, a cada X parágrafos, que estou escrevendo um diário de notas sobre aquilo. Só pra deixar claro.

Em toda videoconferência de trabalho com colegas estrangeiros, tento explicar o inexplicável, tento deixar bem claro para meus interlocutores, marcar minha posição contrária a toda e qualquer decisão do atual presidente que se refere à covid-19 como uma "gripezinha", tachando de frouxos os que seguem as recomendações da OMS, colocando em dúvida as recomendações da OMS. Assim como a apresentadora do programa do móvel, repito à exaustão o lamento, a tristeza e, sim, é claro, todo o constrangimento, a vergonha, acho que está até liberado chorar em frente às câmeras. É reconfortante quando a moça italiana tenta me consolar: "Nós tivemos o Berlusconi."

Descubro que Annie Ernaux manteve, por um ano, um diário de suas idas a um hipermercado. Nascida em 1940, Annie conheceu um supermercado pela primeira vez aos vinte anos de idade, durante um período que morou na Inglaterra. Ela conta que não se lembra de seus pensamentos e sensações daquela estreia, pensa que se sentia apreensiva por estar em um lugar estranho, dependendo de uma língua que não dominava. Anos depois, Annie testemunhou a mesma apreensão dos primeiros frequentadores de um supermercado que abria em uma cidade na Eslováquia pós-comunismo. Daí passa a olhar para suas idas corriqueiras a um grande mercado, e suas anotações dão origem ao livro *Regarde les lumières mon amour*. "Nós escolhemos nossos objetos e lugares de memória, ou melhor, o espírito da época decide o que vale a pena lembrar. Os escritores, artistas, os cineastas participam da elaboração desta memória."

O estranho, hoje, é não ir ao supermercado. Os esquemas de entregas, depois de um período inicial conturbado, se normalizaram. Aquelas idas, ainda nas primeiras semanas de pandemia, com as máscaras que não são mais consideradas seguras e eficazes o suficiente, eram uma descarga de adrenalina. Me lembro de ter cruzado com o mesmo sujeito por duas ou três vezes em um supermercado. Ele usava uma máscara de dormir, dessas que deveriam cobrir os olhos durante o sono, como máscara de proteção respiratória. Mal cobria nariz e boca. Pensei em oferecer uma das minhas máscaras de alergia a ele. Senti vontade de abraçá-lo. Mas, ao meu redor, alguns amigos e familiares são dramáticos: "É guerra."

Grifo diversos trechos do livro de Annie, que abarca análises dos itens de seu próprio carrinho, questionamentos sobre a sociedade de consumo, reflexões sobre o machismo, a partir da constatação de que as mulheres foram e são a grande maioria em ambientes como mercados, apenas mais uma de suas tarefas que acaba se tornando invisível aos olhos dos homens. O último destaque da minha leitura é uma passagem que é até óbvia, mas tão fácil de esquecer: "Ver para escrever é ver de outra forma. É distinguir os objetos, indivíduos, mecanismos, e lhes conferir valor de existência."

Há uma passagem do diário de Virginia Woolf que sempre me impressionou: “O livro fracassou. Vendas caíram pra 15 cópias por dia desde o ataque aéreo a Londres. Será esse o motivo? Será que vai melhorar?” A entrada é de 23 de agosto de 1940. O livro em questão era a biografia de Roger Fry, pintor e crítico de arte inglês. Em algumas entradas anteriores, Virginia se preocupa tanto com as resenhas (ou falta delas) do livro quanto com os bombardeios aéreos, que vivia pela segunda vez.

Soa lunático que alguém se preocupe com a venda de livros enquanto a Segunda Guerra Mundial cai sobre Londres. Ao mesmo tempo, parece uma medida, ainda que desesperada, de tentar operar em algum grau de normalidade quando isso se torna tão distante.

Minha avó conta que, durante o período em que meu avô esteve na guerra, o carteiro Biriba corria até a casa dela quando havia carta do front. Gosto de imaginar esse tempo em que se sabia o nome do carteiro, que o recebimento de correspondência era ao mesmo tempo banal e extraordinário. Ele entregava a carta e esperava até que minha avó lesse e confirmasse que tudo estava bem, à medida do possível.

Uma mulher acredita que está congelando para a morte na noite do Ártico, mas, quando o dia nasce, ela percebe que está no deserto do Saara, onde acaba morrendo de calor antes do almoço. Joan Didion conta que ganhou um caderno de sua mãe e que essa foi a primeira entrada. A intenção da mãe era que a filha reclamasse menos e se distraísse mais com os próprios pensamentos. Didion diz que tinha cinco anos quando ganhou o caderno e escreveu a história.

Ao refletir sobre o hábito de escrever diários, Didion também se pergunta por que o faz; diz que sempre teve dificuldade em distinguir o que aconteceu do que poderia ter acontecido, e que permanece convencida de que essa distinção pouco importa. Sobre as pessoas que escrevem diários, ela diz que são "de uma espécie completamente diferente, solitárias e resistentes, sempre querendo reordenar coisas".

Daqui a vinte ou trinta anos, ao reler meus escritos de agora, vou saber separar os fatos da ficção?

Eu devia ter dez, onze anos e *gostava* de um menino da escola. *Gostar* de um menino, na escola, era um evento importante a ponto de ser registrado no diário. O menino em questão não era o mais bonito, nem o mais inteligente, nem o melhor jogador da turma. Tampouco era o mais alto, ou o mais forte. Não sei o que me inclinava para ele. Não tinha nenhuma outra característica marcante que o fizesse se destacar de alguma forma, fosse rebeldia, excentricidade ou um senso de humor magnético. Nas fotos de turma da época, um menino de olhos inexpressivos, cores lavadas. Mas era dele que eu *gostava*. E ele, aparentemente, *gostava* de mim. Quero dizer, ao menos era nisso que a minha versão de dez anos queria acreditar. Os argumentos, porém, eram fracos, os indícios, os mais bobos. É inegável que havia um esforço, de minha parte, para coletar evidências. Até que algumas notas começam a me desmentir. E, embora eu não esmoreça – interpretava tudo segundo a lógica infantojuvenil de então, que pregava que os meninos *disfarçavam* quando *gostavam* de uma garota, fazendo parecer justamente o contrário –, o clímax do meu delírio se dá numa entrada que revela que o menino me chamava de Miojo.

Eu era uma das poucas meninas da turma que não alisava o cabelo, daí o apelido. A alimentação na minha casa não era exatamente saudável, mas miojo era algo que não entrava pela porta, por nenhum motivo em particular. Eu tinha uma amiga que, ao se referir ao instantâneo, fazia uma corruptela, dizendo: "Hoje teve miNojo no almoço!" Falava com alegria, chegava a salivar. A semiótica do *gostar* era complicada até no âmbito nutricional.

A primeira vez que comi miojo foi na casa dela, num almoço de dia de semana, ela e eu de mochilas nas costas para agilizar o atraso dos preparativos domésticos que culminaram com o cardápio mais prático e rápido, um dos vários saquinhos coloridos da dispensa. A minha amiga devorava tudo com gosto, enquanto eu disfarçava meu terror depois de uma primeira e traumática garfada, que me deixou hesitante sobre qual seria a melhor estratégia pra escapar daquele martírio, se espalhar a massa ou se juntá-la o máximo possível, de forma a tentar diminuir o volume no canto do prato; se comer devagar, aos poucos, ou se apostar na ansiedade. Tudo acabou se resolvendo pelo relógio, a pressa da mãe da minha amiga nos liberou até mesmo de escovar os dentes, nos enfiando no carro para a escola, onde sentei a poucas cadeiras de distância do menino. Em cinco minutos, pedi autorização ao professor pra ir ao banheiro, mas acabei vomitando na porta da sala, o que sepultou qualquer chance pela década seguinte.

Minha avó datilografava as cartas enviadas do front pelo meu avô, todas originalmente escritas a lápis. Guardou-as por décadas. Numa caixa no alto do armário, numa gaveta da cômoda trancada à chave, numa pasta de plástico em meio a outros documentos? Os papéis eram lisos ou pautados? Todos iguais? Se mantiveram em bom estado ao longo dos anos? Oxidaram com o tempo? A cor do grafite foi esmaecendo? O que o meu avô contava? De ataques e defesas? Falava de medo, de coragem, de saudade?

A questão dos vestígios não se coloca mais pra minha avó. Anos atrás ela comprou uma máquina fragmentadora que transformou as cartas em tiras de papel. Drummond poderia ter pensado nisso.

Tento fazer com que minha avó acerte a altura da câmera do computador, mas ela se atrapalha e lá se vão sabe-se lá quantas semanas que só visualizo uma parte de sua testa e o teto de sua sala. As conversas se assemelham às que tenho com boa parte dos meus amigos e se resumem ao que temos cozinhado e comido. Trocamos dicas, fotos e receitas, comentários sobre itens e passos específicos. É possível perceber as variações nos estados de espírito de cada um a partir de seus cardápios.

Faço um esforço tremendo pra fingir que está tudo sob controle, tudo indo bem, dentro do possível, como é bom ter tempo pra se alimentar bem, praticar exercícios na sala. A minha avó sempre diz, quando alguém comenta estar com dor de cabeça, que é excelente ter cabeça. O exercício do contente é a tônica dos dias. Que excelente ter dias.

Avanço na minha queima de arquivos. Com o passar do tempo, os diários perderam o aspecto infantiloide, as ilustrações de ursos e pôneis foram substituídas por cadernos de alguma dignidade estética. Em um desses, rio com uma entrada de 12 de setembro de 2000, que relata a primeira vez que experimentei maconha com um grupo de amigos da escola. No mesmo dia, há uma citação em letra de forma escrita com caneta verde, bem apropriada: "Perto do fogo/ como faziam os hippies/ perto do fogo/ como na idade média/ quero queimar minha erva/ eu quero estar perto do fogo." Naquela época eu estava meio obcecada por um Fernando da minha turma. Porém acabei beijando um outro Fernando, que tratei de dispensar sem demora. Eu me lembro razoavelmente bem dos dois Fernandos e me pergunto se essa é uma memória real, que eu conseguiria acessar sem precisar reler as notas. Ou se os Fernandos que logo se formam em imagens na minha mente são fruto exclusivo das páginas dos diários, das descrições que fiz, de pedaços de frases de conversas que reproduzi mais de vinte anos atrás. Ao anotar os pedaços de conversas, o quanto será que adaptei ou inventei?

Em retrospecto, o Fernando que dispensei é infinitamente mais interessante do que aquele no qual insisti. A vantagem que se tiraria disso, então, é prestar mais atenção às minhas escolhas daqui pra frente?

A citação é parte de uma canção que a Rita Lee gravou em um disco que ainda é um dos meus preferidos. "No ano 2020, como será que vai tá o Brasil? Será que vai ter floresta, pelo menos uma? Será que ainda vai ter um índio? Dois, uma tribozinha? Será que vão sobreviver? E a gente? Será que... será que a gente aguenta?", ela se pergunta, na mesma faixa. O álbum também é um dos preferidos do Guilherme, e concordo com ele que a continuação da fala dela é um pouco irritante: "De repente os trombadinhas crescem e viram políticos." É a versão acústica de "Perto do fogo", e, depois das perguntas ela canta, acompanhada do backing vocal: "Vai ser tudo igual. Tudo tudo igual. Iguaaaaaaal."

Faço uma breve pesquisa sobre a vida dos Fernandos. Ambos acabaram se tornando o que já eram naquele tempo. O que, é claro, é uma afirmação superficial e precipitada, muito mais baseada nos destinos capilares deles, que batem com o que já se insinuava então. Tínhamos dezessete, dezoito anos e eles já sabiam pra onde ir. Fico imaginando se os percursos foram lineares ou acidentados, como julgo que o meu tenha sido, ao mesmo tempo que, por outro lado, o fio que não se cortou desde então é esse hábito de registrar os dias, de tentar guardar o que eu teria achado que um dia gostaria de saber ou de reler. Portanto eu também devo ser o que já ensaiava lá atrás.

Pergunto a alguns amigos se escrevem ou já escreveram diários. A estatística não surpreende: boa parte das meninas ganhou caderninhos com cadeado na infância, e depois adotou o hábito das agendas com colagens, fotos presas por clipes que as deixavam volumosas, como leques abertos.

Guilherme me surpreende com um arquivo de texto anexado, um diário de uma viagem a Portugal que fez com a avó. Sua única incursão no gênero reúne notas telegráficas, palavras-chaves que resumem o que aconteceu em cada dia. No corpo do e-mail, ele comenta: "Tudo é dispensável, menos as refeições. É preciso anotar o que comemos", ele diz. E de fato lá estão todos os pratos com observações sobre cada um deles. Como as conversas atuais com a minha avó e alguns amigos: pratos, receitas, dicas e observações.

Outra resposta vem em formato de arquivos de vídeo. *Diário*, filme de David Perlov, cineasta brasileiro-israelense. Um diário filmado de 1973 a 1983, que começa com uma imagem tomada de seu apartamento em Tel Aviv. Bem neste início, enquanto Perlov começa a testar a câmera e suas possibilidades, narrando em inglês as imagens, vemos uma das filhas do cineasta na cozinha de casa. Ela chama o pai pra tomar uma sopa e ele entende que, a partir dali, precisará escolher entre tomar a sopa ou filmá-la.

O filme parte de um cansaço do diretor com o "cinema profissional". Ao longo dos anos, o *Diário* passou a ser coproduzido pelo Channel 4, do Reino Unido, e contou também com o apoio de estúdios israelenses, além de uma pequena equipe de filmagem e edição, o que quebra a ideia que sempre, ou quase sempre, fazemos de um diário, a de que por natureza ele é íntimo, privado, confessional.

Algumas das primeiras cenas do diário de Perlov são de guerra. Ele filma a tevê de casa, que, pela primeira vez, faz a cobertura de um conflito. Pela primeira vez também, ele diz, pais poderão ver seus filhos em combate. Ele comenta: "Sinto que, como cineasta, passarei a ser repórter agora, e não diretor." Mas logo se volta novamente pra sua janela. "Sinto que o meu ponto de vista fica mais preciso. Filmar o cotidiano e o habitual. Chega de contos, tramas e coisas artificiais." É isso que ele vai perseguir daí pra frente. O banal. A vida acontecendo, apesar de.

Tenho as sobrancelhas do meu avô e uma cópia impressa de um depoimento que ele concedeu ao Exército Brasileiro em 1978. É a xerox de umas trinta folhas de papel encadernadas em espiral e sobrecapa plástica, do tipo que qualquer papelaria faz. Ficou por alguns anos esquecida no fundo de uma das gavetas, a leitura sempre adiada, soterrado por cadernos e outros impressos, material de cursos, aulas, pesquisas.

O general de brigada, comandante da Companhia de Petrechos Pesados do I Batalhão do 11º Regimento de Infantaria, começa seu depoimento dizendo: "Numa ocasião qualquer, aproximadamente em março de 1943, recebemos um radiotelegrama do Ministro da Guerra, perguntando se gostaríamos de ser comissionados no posto de capitão para integrarmos a Força Expedicionária Brasileira, em preparação." Está no oitavo tomo da História oral do Exército na Segunda Guerra, publicado pela Biblioteca do Exército Editora, e eu me pergunto se o telegrama recebido então foi, de alguma maneira, como desembarcar daquele voo com o garoto esturricado de sol.

O meu avô fala na segunda pessoa do plural quase o tempo todo. "Devo esclarecer que fiz um Diário de Guerra, um Diário de Campanha, em que registrava os eventos principais", ele diz, numa das raras passagens em que se coloca assim, destacado de outros. "O Diário de Campanha é uma coisa íntima e sagrada, um confidente nas alegrias e tristezas. Nele surgem, a par de episódios alegres e passagens divertidas, nossas esperanças e ideais, enfim, o sentimento dos instantes que passam e são fixados com toda a franqueza possível, configurando, portanto, documento inestimável, principalmente quando se trata de fatos que dizem respeito à participação ativa do Brasil na Segunda Grande Guerra. Hoje, o Diário de Campanha é recordado com grande vibração porque nos faz reviver os momentos emocionantes em que foi escrito. Faz relembrar nomes que em outras ocasiões significavam mocidade, entusiasmo e ações. Hoje, suas matérias, seus corpos estão fragmentados pela ação do tempo. No entanto, seus nomes e suas imagens já não pertencem às famílias e aos amigos. Permanecem na gratidão da História."

Tento imaginar o meu avô, que não conheci, abrindo suas gavetas, mais de trinta anos depois.

Bruna me diz que todos os seus ex-namorados resolveram procurá-la. Bem, eu resolvi reler tudo o que escrevi sobre os meus, os diários estão recheados desses relatos. Uma matéria de jornal diz que o governo argentino tem incentivado a masturbação e o sexo virtual. Outra matéria diz que a busca "Por que estou sonhando com ex?" subiu 2.450%. Sou parte da estatística.

Até que demorei um pouco, ocupada que estou em sentir medo e tristeza o tempo todo, qualquer libido parece soterrada em porões mentais.

Já os meus vizinhos... bem, eles transam. Barulhenta e gostosamente, ao que parece. Enquanto escovo os dentes antes de dormir. Enquanto cozinho arroz na hora do almoço. Enquanto levanto três quilos de livros para fortalecer bíceps na aula de ginástica online. É muita falta de solidariedade, francamente. E ainda tem gente que acha que sairemos melhores dessa pandemia.

Até aqui, tenho três cadernos inteiramente destruídos. Rasgar todas essas páginas não deve ser suficiente para esquecê-las, no fundo deve ser uma grande bobagem tudo isso. Rasgar os registros escritos a quente, pasteurizar tudo em resumos que ficarão no caderno mais atual, sem qualquer espontaneidade, uma análise cínica, é tão fácil rir da gente. Acabo me arrependendo um pouco de dar fim a esses cadernos. E agora resta a burocracia deles, junto a uma ou outra piada.

O que me intriga é que aos sete, oito anos, já havia um entendimento tácito de que aqueles caderninhos seriam o destino de confissões, segredos, coisas que jamais revelaríamos em qualquer outro ambiente (a não ser, anos mais tarde, em divãs). Como se já nascêssemos programadas.

Em uma entrevista dos anos 1990, Lygia Fagundes Telles conta que seu avô dizia das mulheres casadas que escreviam diários que aquilo só podia ser "bandalheira". Imagino o que ele reservava às mulheres solteiras. Lygia, por sua vez, enxerga a escrita de diários como "a fonte primária das mulheres tentando se dizer, tentando se explicar, tentando se desembrulhar". Ela me faz pensar que os diários íntimos foram os primeiros tijolos de que dispusemos para dar início à construção de um teto todo nosso, como queria Virginia Woolf.

Alterno a releitura dos diários com a das agendas. Naquela estranha lógica de catalogar assuntos de acordo com o meio, encontro nas agendas um retrato mais abrangente de uma época que não existe mais, muito por conta do surgimento da internet e do celular – não por acaso, a seção de "telefones", que vinha ao final das agendas, foi ficando obsoleta e vazia. A vida toda era menos programada, mais sujeita a intempéries corriqueiras, como idas frustradas ao cinema, porque os ingressos se esgotavam e a gente não tinha como saber antes. Algumas das saídas eram combinadas com a amiga que morava quadras adiante, e que esperava que eu acenasse da janela do ônibus quando me aproximava do ponto dela, pra já fazermos parte do trajeto juntas. Entre fotos dos aniversariantes do dia e bilhetinhos escritos e passados de mão em mão no meio das aulas, começam a aparecer eventos como "hoje entrei na internet". "Pesquisamos na internet." "Então decidimos entrar na internet." Parecia extraordinário. Daí para as salas de bate-papo e madrugadas inteiras conversando pelo ICQ foi um pulo. Pombas, se soubéssemos o que nos esperava. Hoje seria uma saúde fazer o inverso.

Quase todos os dias, acordo e penso em não ler nada, não assistir a nada, não ouvir nada. Exercer a escolha de me alienar, de passar uma tarde observando os passarinhos que vêm brincar nas árvores. De me deitar no chão próxima à janela e apenas ver o céu mudar de cor. Encontrar algum tipo de anestesia. Mas esse dia nunca chega.

Quase todos os dias, também, tenho crises de choro, em geral ao fim da aula de ginástica online. Não é por causa de nenhuma lesão, nem por causa de dores musculares, nem mesmo pelos vizinhos que transam.

Os choros todos têm sido parecidos, e têm a indeterminação de tempo desses dias que não sabemos quando vão terminar, embora saibamos que, sob muitos aspectos, não vão terminar.

O Whatsapp silencia. Ninguém mais se importa com o que os amigos estão cozinhando. Exceto pelo pão. De todas as coisas, percebo que o pão artesanal feito em casa por terceiros é o item que mais gera inveja, revolta e aquela raivinha gostosa em todos nós que não o fazemos. Não importa quantos risotos você acertar, quantos pastéis fritar, quantos pratos veganos fotografar, é o pão o motivo do incômodo. Mariana diz que "não foi à toa que Jesus dividiu o pão, e não a lichia, a laranja ou a batata". A conquista do próprio pão é uma afronta muito mais grave que qualquer outro item culinário, e não sei o que há de simbólico nisso.

Conversa vai, conversa vem, Guilherme me pergunta se gosto de alho (amo) e se gosto de pão (ops) e se topo receber um exemplar feito por ele. É a hora da verdade. Preciso escolher meu lado.

Dear Greg, I hope you're in good bread in these pandemic days.

Em São Paulo, um prédio vizinho ao do Marcelo foi alvo de tiros durante panelaços contra Bolsonaro. Todos os dias, à hora marcada, ele se postava na varanda com o marido pra engrossar o coro. Agora eles têm medo até mesmo de produzir ruídos mínimos enquanto cozinham. Pânico de que a colher sem querer bata na borda da panela. De que o estrogonofe ou o cozido possam atrair a estupidez de fanáticos armados.

Tantas coisas são bonitas nos diários de Perlov, que insiste na recusa por histórias inventadas. Uma das belezas está no acaso e nos desvios que eles provocam. Pequenos acontecimentos inesperados, reações de pessoas capturadas pela câmera que colocam o cineasta em outro caminho, ou que provocam novas perguntas. Como quando uma de suas filhas toma o diário, protagonizando um curto solilóquio, e você esquece de tudo o que veio antes, sem ter uma ideia de pra onde aquilo vai. É como se, de repente, você estivesse lendo o diário de outra pessoa. Mas, claro, já estávamos lendo o diário de outra pessoa.

Em uma passagem de 1917, Virginia Woolf comenta sobre o hábito diarístico entre amigos que haviam passado a véspera de ano novo escrevendo. "O triste é não confiarmos uns nos outros para lermos nossos cadernos: eles repousam, como vastas consciências, em nossas mais secretas gavetas."

Talvez Virginia concordasse comigo que este é o ponto mais bonito dos diários de Perlov: com o passar dos anos, eles se tornam cada vez mais coletivos. O cineasta se mantém aberto, o tempo todo, para o que ele define como um "jogo de azar". Ele filma pessoas comuns em hábitos comuns: andando, correndo, dançando, conversando em um café, fumando cigarros, observando vitrines, homens e mulheres tomando banhos de mar. "Sinto como se estivesse procurando alguém", ele diz.

É do que mais sinto falta. O acaso. As intempéries corriqueiras, o cinema cheio ou um desencontro no ônibus. Qualquer coisa que não seja programada, automática.

"Duas pessoas dançando/ a mesma música/ em dias diferentes/ formam um par?"; envio os versos de Ana Martins Marques para Betina, depois de assistir a uma transmissão ao vivo em que ela divide a tela com Toni e os dois dançam juntos, mas separados. E travam, evidentemente.

Vai ser um choque quando pudermos nos encontrar ao vivo de novo: já não consigo imaginar conversas que não travem, pessoas que não congelem, "tô te ouvindo, cê tá me ouvindo?" que não sejam repetidos por toda a duração de um bate-papo qualquer. Quero dizer, no plano emocional, tudo isso sempre aconteceu. Mas o suporte técnico era melhor.

As vidas serão assim, por um tempo: travadas, gaguejantes, si-la--ba-das. É difícil distinguir se tudo ficou pra trás ou pra depois.

Marcelo e eu tentamos calcular, imaginamos estratégias. Cogito sair de casa, máscara e álcool em gel em punho, dirigir até São Paulo, um território estranho onde talvez haja alguma anestesia. Mas que não seja um tiro.

Em tempos de normalidade, hoje estaríamos todos aglomerados em um centro de convenções em algum lugar do mundo. No entanto, a solidariedade continua a chegar de todos os cantos, em mensagens que, em primeiro lugar, desejam que eu e todos aqueles que amo estejamos bem. "I hear the news from Brazil with a heavy heart hoping it starts to get better soon. Here everything is madness, a madness I hope will result in true change we so desperately need." A convivência com esses órgãos – o Brasil e o coração – parece mesmo impossível.

Como tudo o mais, as feiras literárias inauguram suas edições virtuais. Exceto por três ou quatro, nunca vi a maioria dessas pessoas por trás de e-mails tão frequentes. Não sei se têm cabelos, sardas, óculos, barbas. Não sei suas cores, vozes, o tamanho de suas mãos. Se são altas, baixas, se têm as duas pernas. As videoconferências não me dão todas as respostas, e nem mesmo todas importariam. Sei seus nomes, cargos, alguma coisa sobre suas trajetórias.

Dear Greg: óculos, pouco cabelo, uma ironia fina que os meses de correspondência indicavam. Eu poderia passar horas no Zoom com ele falando sobre as teorias da conspiração e os plot twists dessa novela de horror da política brasileira.

Antes de nos despedirmos, ele faz uma pausa, ajeita os óculos e diz: "I wish you strength". A *força* que ele me deseja sai carregada, sóbria, avassaladora. Penso se "avassaladora" é a palavra certa. Como medir as coisas de hoje com a régua antiga?

"Estamos diante de ameaça de extinção e as pessoas nem mesmo sabem disso", afirma o sociólogo Jeremy Rifkin em uma matéria de jornal. Faço um esforço de colecionar recortes ou impressões do que for mais explicativo desses dias, pra que, lá na frente, eu consiga ter uma ideia do quanto a pandemia nos mobilizou. Mas a tentativa dura pouco, já que as novidades mais aguardadas e sonhadas não são viáveis nesta duração de tempo que é curta demais para a ciência, e infernal demais para todo o resto. Este diário já se parece a repetição de um mesmo dia que vai degringolando e no qual o apresentador se pergunta repetidas vezes em que momento os dinossauros sentiram que algo andava mal.

Também coleciono histórias como a da orquestra colombiana ou boliviana que ficou presa num castelo alemão, e outras tantas de pessoas que eram pegas de surpresa, no início da pandemia, em algum lugar longe de suas casas, para as quais demorariam a voltar. Num delírio, imagino um grupo de crianças que estivesse em plena colônia de férias, daquelas que tanto me traumatizaram na infância, onde teriam que ficar por meses.

Embora eu não tenha nem uma linha sequer anotada sobre o assunto, nem nos diários nem nas agendas, me lembro com especial pavor de uma temporada em um lugar chamado Rancho Santa Mônica. Eu ainda era a Miojo. Uma menina bobona com seu caderno de ursos, cercada por meninas pra frentex que descreviam beijos de língua, davam estrelas perfeitas no jardim e dançavam nos saraus que lembravam um show de talentos mirim. O Rancho Santa Mônica era um antro de competição e positividade tóxica. O horror. É injusto que a gente faça esforço pra lembrar de certas coisas, enquanto outras criam raízes em nosso cérebro.

Outra guerra nos diários de Perlov. No quarto volume, ele mostra cenas em um hospital onde são atendidos civis e soldados, homens e mulheres feridos. Um piloto inimigo é vigiado vinte e quatro horas por um oficial israelense, ainda que seus sinais vitais sejam fracos e que oitenta por cento de seu corpo esteja envolvido em gesso e gaze.

Saímos do hospital para uma foto de uma de suas filhas dormindo. É um corte abrupto, como acontece em vários outros trechos do filme. É difícil não me remexer em incômodo com essas passagens que expõem contrastes tão gritantes. Em um piscar de olhos, vamos do horror da guerra para uma cena doméstica, uma pequena equipe filmando na casa do diretor. Da cena familiar, algumas daquelas pessoas irão para o front, no dia seguinte, somar esforços.

Meu avô ingressou no colégio militar aos onze anos. Caçula de seis irmãos, seguiu os passos do pai, um capitão de infantaria que morreu de gripe espanhola em 1918. Dois dos irmãos mais velhos já tinham se encaminhado "para a carreira das armas" também aos onze anos, saindo de Corumbá para o Sul do país. A vida militar acenava como uma possibilidade de estabilidade financeira e ascensão social, especialmente para a mãe do meu avô, viúva, com seis crianças.

O meu avô era um bebê quando perdeu o pai. No dia de seu nascimento, em plena Primeira Guerra Mundial, Virginia Woolf vagava dentro da própria casa, de madrugada, durante um bombardeio aéreo: "Desta vez começou às 9:10: a sirene, pelo menos. Um avião sobrevoou a casa por volta das 11:30. (...) Tínhamos aprontado colchões na cozinha, & depois que o ruído enfraqueceu nos deitamos todos juntos, L. na mesa da cozinha, como um quadro da vida numa pocilga. Um baque veio bem de perto; mas uma hora depois vieram as sirenes & fomos para a cama. O baque, que L. distinguiu dos demais, foi da explosão de uma bomba em Kew. Nove pessoas, acho, foram mortas." É um de muitos trechos em que ela aborda os bombardeios aéreos.

Em outra passagem do mesmo ano, em um período em que praticamente todas as entradas trazem boletins meteorológicos, ela diz: "Com o passar do tempo naturalmente deveríamos lidar bem com o vento & a chuva; o pior desalento causado por ambos ficou para trás, pois agora pensamos neles como uma proteção contra os bombardeios."

Desejo cada vez mais um mergulho no mar. Penso em pegar o carro e dirigir até uma praia vazia, deserta, se possível. Quem sabe no Uruguai. Aquela extensão de areia e vento, o mar tão diferente do ideal do paraíso, mas paraíso. Nenhuma ameaça. Nenhum contato físico. Nenhuma culpa.

Caminho até o calçadão ao alcance, carregando uma cartolina onde se lê "Espirre em mim". Me sento no ponto mais cheio da praia e espero. As pessoas me olham espantadas, como se eu fosse uma aberração. Mas não caminho até o calçadão. Apenas me sento na sala, o único lugar pra onde tenho conseguido ir.

No começo da pandemia, li um livro sobre zumbis. Agora assisto a uma série de zumbis. Gosto de zumbis pelo conforto que me dão, a certeza de não haver saída. Sei o que esperar deles, o que representam e o que despertam em mim, ao contrário da pandemia, incerta em todos os seus aspectos. Fico largada no sofá, os olhos bem abertos, a certeza de que me lançaria a eles sem pestanejar. "Acabe com essa droga de uma vez." Espirre em mim.

Insisto na busca de alguma explicação pra pandemia. Para além do aspecto científico, claro. Para além da mínima compreensão da existência de patógenos no mundo. Não ter nenhuma fé dificulta. Alguns livros sobre o tema já aparecem, escritos por filósofos, jornalistas, médicos, grandes nomes que pensam a contemporaneidade – e talvez padres, pastores, monges, líderes espirituais de ordens variadas. Encontro uma entrevista com André Lepecki, pesquisador de dança. Ele explora a oposição do movimento com o repouso, ou a quietude. "Stillness", ele fala. Não sei qual é a tradução adequada. Suspensão, talvez. A associação mais óbvia seria considerar o confinamento como esta suspensão forçada. Mas isso deixaria de fora o movimento exaustivo das equipes médicas em turnos intermináveis, dos entregadores de tudo, dos trabalhadores essenciais, dos que nunca pararam. Há diversas formas de abandono do corpo, ele diz. As longas horas em frente às telas, as longas horas de pé em uma sala de hospital.

A suspensão que o interessa é a que não se transforma em uma ameaça – nem para a dança, nem para a vida. É a que permite uma espécie de recalibragem, ou a possibilidade de reimaginar as coisas.

Uma resposta automática de Dear Greg informa que ele está de férias em um lago "no meio do nada" na França. Férias merecidas, Greg, depois do horror do Rancho Santa Mônica. Quero dizer: depois do horror do coronavírus.

O desânimo crescente, o medo crescente, o absurdo crescente. Como driblar a tristeza? Como começar uma conversa de trabalho por e-mail sem parecer que somos lunáticos falando de livros? Como começar uma conversa com os amigos sem parecer que somos lunáticos falando de plantas? E porque parece impossível falar de tudo que não é essencial nesses dias, voltamos aos cardápios, apenas para constatar que a única curva que se achata é a da euforia gastronômica dos tempos iniciais.

Em uma entrada de agosto de 1968, Drummond escreve em seu diário que jantou uma barra de chocolate Galak. No dia seguinte, substituiu seu café por outra barra de Galak. Na pandemia que nos cabe, Bel e Lucas já se alimentam de nuggets, biscoito Torcida e, o terror!, miojo. Ainda tenho um último pedaço do pão do Guilherme congelado. Mas não demoro a alcançá-los.

Meu avô foi o único dos irmãos a ir pra Guerra. Ele descreve a partida, apressada e sem tempo pra grandes despedidas em família, ao mesmo tempo que uma multidão de gente se reuniu no porto para vê-los zarpar. Passageiros da barca Rio-Niterói acenavam para os oficiais. Ele fala em *alegria*. Comenta sobre apostas bobas – cem dólares pra quem primeiro avistasse a Linha do Equador, causa de um pequeno motim a bordo do navio General Meighs: "(...) houve quem jurasse ter visto a Linha do Equador toda cheia de bandeiras verde-amarelas." Há piada, também, em relação ao comandante do Pelotão de Sepultamento, chamado por todos de Tenente Caju, auxiliado por Sargento São Francisco Xavier e Cabo São João Batista, em alusão a três cemitérios do Rio de Janeiro. "Os soldados (...) estão sempre fazendo piada; & quanto piores vão as coisas mais piada fazem." – esta é Virginia Woolf, em 1915.

Em uma busca por imagens do navio e do meu avô, acabo chegando a um site que reúne diversas fotos da FEB em alto-mar. Em um dos álbuns, o impensável: o "batismo de Netuno", uma espécie de festa na qual soldados se vestiam de Netuno e de outros personagens ligados ao Rei dos Mares. Uma das fotos mostra as autoridades máximas da corte: o próprio Netuno, com longas barbas, coroa e tridente, e sua mulher, um soldado com peruca e falsos peitos sob uma túnica branca. Em outras imagens, soldados com fantasias improvisadas misturados a outros uniformizados, com instrumentos musicais, como pandeiros, cavaquinhos e xequerês. Um bloco de carnaval, mas com tendência a enjoo.

Se de início o meu avô afirma que, ao ingressarem na Itália, estavam perfeitamente atualizados e "possuidores de todos os conhecimentos necessários", à medida que relembra o Diário de Campanha – escrito em navios, marchas, acampamentos e também em plena ação –, ele intensifica críticas à precariedade das condições da ida do Brasil à guerra. A falta de preparo psicológico dos combatentes, a má qualidade dos uniformes brasileiros e seus tecidos inadequados para o inverno europeu, a semelhança do nosso fardamento ao dos inimigos, a mobilização militar, o desaparelhamento das Forças Armadas, o desconhecimento de boa parte do armamento utilizado no front e até a falta de uma legislação "capaz de atender às necessidades de uma guerra moderna, sobretudo no exterior". A história que me venderam quando criança era diferente. Envolvia condecorações, heróis, o País com maiúscula. E não é que as glórias não estejam no relato. Mas o que gosto de encontrar ali é justamente esse avesso. O meu avô diz que nem mesmo a guerra lhes havia sido explicada de forma conveniente.

"Oxalá que o sacrifício que estamos fazendo tenha pelo menos o mérito de despertar a nossa gente e que possa dar vergonha a todos aqueles que vivem para e pelo interesse de passar a vida cômoda e regaladamente. Temos certeza de que seremos testemunhas de quadros inesquecíveis, viveremos cenários de dor, de agonia, de virtudes e para a vida inteira levaremos essas impressões." Nunca imaginei meu avô falando "oxalá". Nunca pensei que algumas passagens de um Diário de Campanha estariam tão próximas destes dias de quadros inesquecíveis de dor e agonia.

Aos poucos as palavras *amargura* e *precariedade* tornam-se constantes em seu relato.

Já faz um tempo que vejo vídeos e fotos de pessoas se abraçando através de geringonças de plástico construídas pra esse fim. São espécies de cortinas com espaços para encaixar os braços, algo como um penetrável. Não há contato epidérmico envolvido, ambos os participantes ficam protegidos como se mergulhassem em uma praia no Uruguai. Encontro um plástico de obras no armário. É preciso tesouras, uma fita adesiva larga e barbante. Um calmante, talvez, pra quando for testar a engenhoca.

A primeira cobaia é Mariana. Estendemos o penetrável no quintal da casa dela. Enfio os braços de um lado; e ela, do outro. E então acontece: o mergulho no mar, mas sem mar. A gente ri. E se abraça de novo. Na primeira vez, o rosto fica grudado no plástico. Na segunda viramos a cabeça um pouco de lado. Então a gente chora. Lágrimas envoltas por petróleo processado. Fazemos um registro em redes sociais e logo há uma fila de intenções. Quero fazer dezenas de abraçadores. Quero abraçar meus pais. Minha avó. Quero pedir demissão e ficar dias e dias abraçando gente. O único risco é querer demais, querer a pele, e então romper a barreira do plástico. Como num ataque zumbi, botar tudo a perder.

Na única foto que encontrei do meu avô na guerra, ele aparece ao lado de outros nove oficiais. São duas fileiras de homens, sete deles em pé, três deles ajoelhados à frente, como uma seleção de futebol, na neve.

Em uma descrição de uma manobra de guerra, meu avô conta um episódio que tornou seu batalhão rapidamente conhecido como Laurindo, um apelido pejorativo ligado a um samba popular da época cuja letra, em determinado trecho dizia, segundo meu avô: "Laurindo desceu o morro pra dizer que a Praça Onze tinha acabado." Em uma operação complicada e atabalhoada, descrita em pormenores, o batalhão tinha debandado ao se ver sob risco, descendo o morro dos Apeninos de forma não muito correta. Era uma das primeiras movimentações do batalhão em solo italiano. As falhas de comunicação entre os oficiais, que levaram à movimentação atrapalhada, me interessam menos que o tal samba.

Encontro um Laurindo tocador de cuíca em um samba de Noel Rosa dos anos 1930. "Parecia um boi mugindo/ aquela triste cuíca/ tocada pelo Laurindo." Malandro sambista, ele é "o gostoso da

Zizica", mas esconde a cuíca na casa de Conceição. Há outros. Vários. Herivelto Martins tem alguns. Em 1942, seu Laurindo faz o contrário do que cita o meu avô e sobe o morro gritando "não acabou a Praça Onze, não acabou". Convoca a porta-bandeira e o esquenta dos tamborins, mas, ao chegar na Praça, palco do Carnaval carioca entre 1933 e 1941, não encontra ninguém. No mesmo ano há um samba intitulado "Praça Onze". Este sim lamenta a demolição da Praça e sua consequente ameaça ao fim do Carnaval. Um ano depois, Laurindo reaparece, dessa vez engrossando o coro das lamentações pelas obras que remodelaram a Praça e seu entorno.

O personagem ressurge pouco depois numa trilogia de Wilson Batista. No primeiro samba, Laurindo é diretor de bateria da Mangueira e larga o carnaval para lutar na Segunda Guerra. É Conceição quem avisa que Laurindo foi pro front. "Mandei perguntar sem ele aqui, se a escola de samba podia sair. Ele respondeu 'pode ensaiar porque o povo precisa sambar'." Como foi feita essa comunicação a tempo da escola desfilar, não me pergunte. Pelo que diz minha avó, as correspondências do meu avô chegavam toda semana, portanto a do Laurindo também devia ser constante. No segundo samba, o bravo cabo Laurindo volta pra casa "coberto de glória/ trazendo garboso no peito a cruz da vitória". Recebe homenagens e é reconhecido por seus princípios. No terceiro samba, "Comício em Mangueira", o povo chora ao ouvir Laurindo em comício. Ele rejeita o título de herói, afirmando: "heróis são aqueles que tombaram por nós".

A responsabilidade do meu avô com seus Laurindos é tocante. Os que voltaram e os que não voltaram. O meu avô chora suas baixas. Eu choro também.

Em um livro sobre a história do caminhar, Rebecca Solnit diz que, certa vez, calculou que o texto de um de seus livros teria cerca de seis quilômetros de extensão se fosse destrinchado numa única linha de palavras. Flerto com a ideia de medir as minhas palavras escritas em livros e cadernos só pra saber qual é a distância que separa a ficção das coisas reais. Mas gostaria de saber, em algum tipo de valor que não fosse muito abstrato, qual é a distância que nos separa de todo o mundo de antes, e do mundo lá fora, esses dias.

Lucas realiza o novo sonho da classe média: faz um exame de sangue poucos dias antes de voltar ao escritório onde trabalha e descobre que tem anticorpos contra o coronavírus. Ele foi das pessoas mais rigidamente quarentenadas de que tive notícia. A desconfiança é que tenha contraído o vírus ainda antes do fechamento de tudo. "Você sabe que isso não vai durar pra sempre, não é?" – alguém reage no grupo, e eu me pergunto por que essa pessoa infeliz está no grupo. Os cabelos e dentes dela também não têm nenhuma garantia de durarem pra sempre. Por que as pessoas se satisfazem tanto em acabar com as alegrias, cada vez mais escassas? Ninguém sabe ao certo se a imunidade é duradoura. Mas mesmo que dure um dia. Uma semana. Um mês. E se eu der a mesma sorte que o Lucas e também tiver me contaminado antes, quando a covid-19 ainda era cenas de cidades esvaziadas na Itália, a Europa como um horóscopo que líamos com apreensão?

Me inscrevo em uma oficina de dança online ministrada por bailarinos do Grupo Corpo. Percorro as inúmeras telas da plataforma de vídeo tentando encontrar três ou quatro amigas que sei que estão ali também. Há tempos que ninguém mais topa tomar um drink ou clonazepam por videoconferência, nem fazer qualquer outra coisa nesta modalidade. Mas é o Grupo Corpo! A busca é interrompida pela imagem de um sujeito chamado Chico, um senhor alinhadíssimo que veste calça cáqui, casaco de tricô de estampa de losangos em tons de verde e marfim. Ele está no que parece ser uma sala de pilates, fisioterapia ou qualquer outra atividade relacionada: vê-se uma barra fixada na parede atrás dele, um tapete de espuma no chão e o que parece uma daquelas rampinhas para alongar panturrilhas, além de acessórios, muitos deles não identificáveis devido à qualidade ruim da imagem e ao fato de que não consigo ampliá-la. Sou tomada por um sentimento de ternura que não consigo explicar.

Na aula seguinte, Chico veste shorts, camiseta branca e sapatilhas de balé. Então acontece o que tem sido cada vez mais frequente, e não que antes fosse incomum, mas que agora parece ser um combo de falta de abraços, de excesso de pandemia e óbitos, dos vizinhos transando, de todas as notícias dos jornais, do medo, do meu avô em combate: desabo a chorar, de soluçar, de sacudir os ombros. Eu não sei o porquê. Quer dizer. Estranho seria ter um ataque de riso.

Penso que o Chico deve ser um avô divertido. Que proporciona brincadeiras lúdicas aos netos. Que, depois da oficina de dança, vai se esmerar em uma apresentação pra eles. E, apesar desses indícios de que ele seria daqueles exibidos do show de calouros mirim da colônia de férias, acho que teríamos nos dado bem no Rancho Santa Mônica.

À medida que as regras de isolamento afrouxam e cada vez mais empresas exigem a volta de seus funcionários aos escritórios, outros amigos descobrem que possuem anticorpos, ou que se infectaram e se recuperaram, o que acena como uma possível retomada de algum convívio social. Mas esses amigos sabem que isso não vai durar pra sempre, né? Não, não sabem nada, não sabemos nada. Sabemos que sentimos saudades de nossas mães, que há nove meses não vemos o céu, que o oxímetro não mede perdas de ar de fundo emocional, que calcular os riscos e poder sentar na sala da casa de uma amiga pra conversar sobre qualquer coisa, sem grandes histórias ou esperanças, não me coloca no mesmo saco daquelas pessoas sem máscaras e sem noção lotando bares, embora ainda precisemos de defesa e argumentos para nos convencermos. Sabemos que alguns países estão em lockdown de novo, que a Europa ameaça fechar outra vez. Só o que sabemos, mais ou menos, é quando tudo começou – o silêncio, as telas, a vontade de dormir até tudo passar, a incapacidade de dormir até as horas seguintes.

Fiz grandes planos artesanais no início da pandemia. Retomar o tricô, esse bálsamo da tranquilidade. Aprender novos pontos, novas peças, fazer um casaco, quem sabe. Instituir a falta de pressa. Aos sete ou oito anos, ganhei um par de agulhas de tricô da minha avó, que me ensinou os primeiros pontos. Eu fazia pequenos pedaços de nada – quadrados ou retângulos que nunca viravam, efetivamente, alguma coisa útil.

Já ela aprendeu tricô e crochê na Inglaterra, durante a infância. Ela foi morar na cidade de Barrow-in-Furness, ainda criança, porque seu pai, um oficial da Marinha brasileira, foi acompanhar a construção do Almirante Saldanha, um navio-escola, cujo batimento de quilha, ou seja, o início da construção data de 1933.

Barrow-in-Furness é uma cidade portuária que, pela boa oferta de aço local, tornou-se um polo da indústria naval. Durante um tempo, os submarinos eram o forte da produção. Com o fim da Guerra Fria, a cidade viu os níveis de desemprego subirem vertiginosamente. A guerra das Malvinas reaqueceu a indústria naval, mas Barrow-in-Furness não está listada como uma das cidades que se beneficiou com isso, segundo um artigo que encontro sobre o assunto. O Elvis Costello tem uma música bonita e triste que fala sobre uma dessas cidades que vê a economia crescer para em seguida ver seus jovens morrendo. “It’s all we’re skilled in”, ele diz.

Hoje a minha avó lamenta por não ter aprendido bem o inglês. Seus olhos brilham quando ela fala do Almirante Saldanha. O passado parece fazer sentido para ela, ao contrário de como o presente se mostra. Um pouco como agora para todos nós.

Encomendo lãs pra minha avó de tempos em tempos. Já não precisamos mais higienizar tudo e qualquer coisa. Continuo lavando embalagens, mesmo que já seja evidente que não é necessário. Minha avó acumula cachecóis coloridos nos armários com a intenção de doá-los a instituições de caridade para idosos. Em uma de nossas conversas com vista para sua testa e seu topete acidental, ela tenta me mostrar a pilha colorida. Depois de um breve silêncio, ela gargalha e diz: “Se eu morrer no inverno, vocês estão feitos.” Outra gargalhada. Escuto a frase e o riso enquanto olho pra uma porta de armário da casa dela.

Dear Greg,

Your e-mails are not finding me well. Your e-mails are finding me in an increasing state of bode. *Do you understand* bode?

Em 1945 a Força Expedicionária Brasileira retorna vitoriosa da Europa. Ao fim do seu relato, meu avô diz que ainda era cedo, historicamente, para uma avaliação do que representou a participação da FEB na Segunda Guerra Mundial. Ainda assim, ele faz inúmeras observações tanto no que diz respeito ao desafio do desenvolvimento do país quanto aos métodos de enfrentamento dos horrores da guerra por seus Laurindos.

Ele afirma que os Pracinhas venceram o desafio da nostalgia e que, em meio à difícil luta, o brasileiro, "sentimentalista por natureza e essencialmente emotivo", superou "a falta de namorada ou esposa, dos filhos, quando não do futebol, da praia e do papo com os amigos".

É impossível dissociar seu olhar do pensamento militar, claro. Ele exalta o espírito da FEB, fala em superação do complexo de inferioridade e diz que a guerra o fez acreditar que o Brasil tinha condições de enfrentar o maior desafio, o do desenvolvimento. Penso se este desafio já lhe tinha sido imposto, de certa forma, aos onze anos. A ele e à mãe de seis crianças. E penso, também, na travessia dos irmãos, cada um a seu tempo. Minha avó diz que o mais velho tomou pra si a responsabilidade de olhar pelos menores e que não mediu esforços pra que todos se encaminhassem de maneira satisfatória, fosse na vida militar ou na vida civil. "Salvador, Salvador...", ela repete, em *fade out*. Por anos achei que fosse uma espécie de fé – agradecimento ou coisa do tipo. Até que um dia ela riu e me explicou. Na narrativa da família que pôde contar com as fileiras militares para sair de uma vida de pobreza, o nome do filho mais velho é até profético.

O meu avô insistiu pra ir à guerra. Inicialmente teria sido vetado, por causa de um exame que apontou algum problema de coração. O que o fez ir ao Ministro da Guerra, a quem teria dito que, se não fosse pra guerra, não serviria pra mais nada. Após um exame mais meticuloso, concluiu-se que se tratava de um mal congênito que não interferiria nas demandas da vida militar, o que o liberou para o front.

Lanço uma segunda enquete aos meus amigos homens. De repente me dou conta que em seus diários inexistentes, a experiência do alistamento nas Forças Armadas poderia ser algo digno de nota. Alguns desatam a me contar sobre o dia em que tinham dezoito anos e se viram nus diante de outros tantos garotos como eles, intimidados por oficiais em farda dispostos a protagonizarem cenas de poder, macheza e tortura psicológica, coerentes com a fama punitivista das instituições. Dispostos a empestear o ar com spray aromatizante "pra tirar o cheiro de homem" do ambiente. Dizendo a um garoto de baixa estatura que ele poderia ir embora, "não é guarda-mirim, não". Nenhuma página preenchida por eles, mas a lembrança persiste. Talvez eu devesse anotar os pormenores dos relatos, imprimir os e-mails e grampear nas páginas deste caderno. Pra se um dia, daqui a vinte ou trinta anos, tudo já tiver esmaecido.

Acho que meu primeiro encontro com a ditadura militar foi no ano do miojo, o que não figurou no meu "guardador de segredos". É uma lembrança por dedução ao conferir o ano de estreia da série *Anos rebeldes*. A ditadura na tevê tinha a Malu Mader, a Beth Lago fumando mil cigarros, fotos e imagens de arquivo, o Gianfrancesco Guarnieri descrevendo pra filha a polícia militar montada em cavalos descendo o cacete em estudantes ao som das "Bachianas Nº 4", e também uma música italiana melancólica que talvez a moça constrangida com o Berlusconi conheça. E ainda tinha o Caetano Veloso cantando que vivíamos na "melhor cidade da América do Sul", e depois seríamos e não seríamos o Haiti, e o cu do mundo. Numa escalação imaginária de elenco, o Fernando que desprezei seria o estudante militante que se articulava contra a ditadura e contra a reforma do quarto da Maria Lucia, que ele julgava supérflua demais em tempos como aqueles.

"Mas, vocês podem dizer, nós pedimos para você falar sobre mulheres e ficção – o que isso tem a ver com um teto todo seu? Vou tentar explicar." E ela explica mesmo. Não sei se a Maria Lucia tinha lido o ensaio da Virginia Woolf. Mas talvez já intuísse.

"Embora L. diga que tem gasolina na garagem para o suicídio caso Hitler vença, continuamos. É a vastidão e a pequenez que torna isso possível." 13 de maio de 1940, Virginia de novo. Naquele ano ela foi até os escombros de sua casa em Londres, atingida por um ataque aéreo, procurar seus diários escritos ao longo de 44 anos.

Guilherme me escreve com o link para um disco da Elizeth: "Não sei se vai curtir, é dos meus favoritos. Arrumei a casa ontem cantando quase inteiro a plenos pulmões. Tem orquestra, tem exagero vocal, tem Jacob do Bandolim, tem nacionalismo, tem tudo! Era o Brasil dando certo. Na última música, até a seca do Nordeste é resolvida."

A minha avó me envia duas fotos do fim dos anos 1930. Em uma delas, meu avô é um dos seis rapazes vestidos com os mesmos trajes, vestidinhos brancos com detalhes gráficos, a clássica toga de Carnaval. Eles carregam um estandarte onde se lê "Escândalos romanos". Os romanos estão sobre um carro coberto de flores, numa espécie de cortejo. No plano de fundo há um grupo de pessoas, em sua maioria homens de terno e chapéu, observando. Na segunda foto, o grupo é maior e mais heterogêneo. Rapazes e moças vestem versões ligeiramente diferentes da mesma fantasia, dessa vez mais genérica: os mesmos enfeites de cabeça em formato de tiaras tubulares listradas, calças e saias de listras largas, blusas acetinadas para as mulheres, camisas engomadas para os homens. Eles parecem prontos para um baile de Carnaval de clube.

A família do 401 promove um verdadeiro show de percussão ao fim dos panelaços, que resistem. Acho que treinaram o filho de três anos e o cachorro. No ano que vem, gostaria de pular Carnaval com eles. Mas no ano que vem não vai ter Carnaval.

Eu me perturbo ao tentar imaginar que tipo de relato meu avô faria hoje se tivesse vivido pra ver onde viemos parar. Se seu otimismo perseveraria. Se ele dançaria um samba. Se estaria ao meu lado na janela, batendo panela e se desesperando. Ou se, ao contrário, assumiria sua posição numa trincheira inimiga, impondo o desafio da sobrevivência do afeto. Talvez a crença do Brasil dando certo fosse fruto de uma nostalgia ao voltar a seus diários de guerra. Heroísmo, vitórias, a medalha da Cruz de Combate de primeira classe, a maior condecoração do Exército, que ele deixou em 1960. Ou fosse a resposta que não quero confirmar, o seu otimismo em 1978, a ditadura comemorando dez anos de AI-5.

Eu me pergunto quem nos vendeu tão bem a ideia de um Brasil mais justo e digno, um Brasil como também queria o meu avô, mas por meio de um outro pensamento, uma outra cartografia. Que semelhanças e disparidades teriam esses dois países imaginados, e em que ponto eles se encontrariam? Será que se encontrariam? Quem vendeu, ao meu avô e a mim, essa promessa cada vez mais rarefeita?

Penso no garoto esturricado de sol, "yin than yang". E me pergunto, também, se ele ainda escreve seus estranhos versos, em seu figurino desconjuntado, com desejos amarrados ao pulso, a caligrafia em letra de forma, traços feitos com força a caneta, daqueles que marcam a página seguinte, registrando duas vezes o que quer que seja. A risada talvez fosse a certeza de poder rasgar tudo um dia, à conveniência do tempo. Apagar os vestígios. Ou pregar uma peça em quem por acaso os encontre, em escombros de uma casa ou de uma outra Praça Onze.

Tantas vezes imaginei o fim da pandemia com algum tipo de bandeira branca que se ergue pelos ares, uma cena que associamos a filmes de guerra. Ou como aquele Fernando, da música do ABBA, escutando os tambores. Eu sei, é bobo. Para algumas pessoas, já parece até ter terminado, enquanto outros seguimos isolados, com o mesmo medo, garantindo sequelas emocionais futuras.

O relato do meu avô me levou às crônicas de guerra do Rubem Braga, que embarcou para a Itália na mesma data, no navio General Mann, junto a mais ou menos dez mil homens. Na água ele avistou um gorro de marinheiro boiando: "É triste, esse gorro branco perdido na água suja do cais: faz pensar em abandono, em afogamento." Tantos detalhes comuns aos dois relatos. A festa de Netuno ao cruzarem a Linha do Equador, "uma epidemia de pedir autógrafos para os diplomas fornecidos pelo rei Netuno". Notícias da guerra eram exibidas nos cinemas, e por isso havia sempre uma disputa entre os soldados, que queriam se postar na frente das câmeras dos cinegrafistas e fotógrafos.

Todas as passagens sobre a lentidão dos Correios fazem cair por terra as histórias da minha avó. Um trecho sobre os telegramas me enternece. Ele conta que, por sessenta liras, era possível mandar telegramas com três frases de um total de 124 opções de redações. A cada frase correspondia um número. Um sargento de artilharia gastou 180 liras para enviar três telegramas iguais: 29-29-29; 29-29-29; 29-29-29. Saudade-saudade-saudade; saudade-saudade-saudade; saudade-saudade-saudade.

A alternativa aos telegramas eram as cartas, que demoravam de vinte a trinta dias para serem entregues. As entregas, segundo ele, mobilizavam mais gente do que as ordens de generais. Clamava pra que os Correios fossem mais eficientes, pra que enviassem a correspondência por avião, e não por navios, e pra que os familiares dos soldados escrevessem cartas cheias de notícias e bobagens. Ao acompanhar o trabalho do capitão encarregado da censura das cartas remetidas ao Brasil, comenta: "As letras às vezes são firmes e ágeis, outras, lerdas e broncas. Mas todas contam as mesmas saudades."

Uma oficial do correio militar soviético diz que vira com os próprios olhos pessoas que choravam e beijavam envelopes ao receberem cartas na linha de frente. Ela conta, também, que, como muitos soldados tinham parentes já mortos ou que moravam em zonas ocupadas pelos nazistas, ela e outras oficiais escreviam-lhes "cartas da Desconhecida": "Querido soldado, quem está lhe escrevendo é uma Moça Desconhecida. Como está combatendo o inimigo? Quando você volta com a Vitória?" Foram centenas de cartas, ela afirma. Maria Remmiova é uma das dezenas de mulheres soviéticas que a escritora ucraniana Svetlana Aleksiévitch ouviu para seu livro *A guerra não tem rosto de mulher*. É assombroso. Uma espécie de diário coletivo. Um pouco aos moldes dos filmes do Perlov, ainda que muito distintos, já que, para os filmes, ele conta com a colaboração de uma equipe que ajuda a revelar seu olhar, tão particular, para um mundo de vastidão e miudezas – suas guerras e os afetos cotidianos. E o livro de Svetlana, monumental, reúne um coro de vozes, mulheres que foram para o front nas mais diferentes funções, desde enfermeiras a franco-atiradoras.

Um diário dos dias de hoje só poderia ser escrito sob essa lógica, um aglomerado de anotações, ruminações, medos, lamentos, lutos, misturados aos sons de panelas batendo e às pregações negacionistas, o presidente brasileiro debochando de pessoas que morreram por falta de oxigênio, a campanha diária contra vacinas, desenvolvidas em tempo recorde; uma miscelânea de desespero e irresponsabilidade, pavor e aniquilação.

Leio as crônicas do Rubem Braga como quem espera encontrar, a qualquer parágrafo, o nome do meu avô. Alguma menção a ele. Encontro tantas outras coisas. Em um dia comum, a artilharia brasileira dava, em média, quatrocentos tiros. Em um dia de ataque, o número subia para sete mil. Consta do diário de um oficial encarregado de operações. A tomada de Montese em pormenores. A tomada de Monte Castelo também em pormenores, incluindo seis ou sete cigarros dados ao general Mascarenhas de Moraes enquanto o inferno acontecia diante dos olhos de tantos homens.

Os sambas compostos no front, alguns de protesto, um deles uma paródia triste de "Atire a primeira pedra", que, na versão militar, dizia "hospital foi feito pra gente baixar" em vez de "perdão foi feito pra gente pedir". O verbo "tombar" para as mortes dos Pracinhas. "Heróis são aqueles que tombaram por nós", como um dos sambas do Laurindo. Tanta gente derrubada. E de repente o nome de outro avô, o do Lucas. A minha avó não tem certeza se ele e o meu avô se conheceram. Arrisca dizer que sim, mas já não tem certeza. Não temos mais a quem perguntar. Gosto de pensar que sim, que eles se cruzaram na guerra e quem sabe depois.

E lá estão, também, a libertação de vilas e cidades italianas. Bandeiras proibidas que haviam ficado escondidas em baús voltavam a tremular ao ar livre. Os camponeses saíam de suas casas, à medida que grupos de aliados anunciavam a boa-nova, levando queijos, garrafas de vinhos, espumantes. Os Pracinhas davam em troca o que tinham: chocolates, cigarros, balas. Mulheres e homens beijavam as mãos e os rostos dos soldados. Também levavam flores. E ovos, muitos ovos, num clima de embriaguez coletiva. "Gostaria de ter ao meu lado neste momento um alemão nazista ou um italiano fascista ou um brasileiro integralista. Que vissem essas mulheres do campo olhando nossos empoeirados pracinhas. A emoção da liberdade as transfigura." Eu poderia preencher cadernos e mais cadernos com destaques da guerra do Rubem Braga. Poderia cotejar as impressões dele com o relato do meu avô.

Guilherme sugere que eu leia alguma coisa em que as pessoas permaneçam vivas. Algo que não trate de enterros, cemitérios, perdas. Me diz pra eu tomar distância dos jornais de hoje. Dos túmulos dos soldados desconhecidos de ontem. Especula sobre o tipo de terapia coletiva que teremos que fazer quando tudo isso passar.

Estudos mostram que uma das sequelas da covid-19 é um certo embaraço na memória. Eu me pergunto se nos tornaremos uma legião de desmemoriados. Um projeto chamado Inumeráveis reúne histórias de vítimas da covid-19. Pequenos relatos e testemunhos de familiares e amigos. Algumas linhas sobre seus gostos, alegrias, paixões. Seus times de futebol ou escolas de samba. Suas profissões, hobbies, seus pratos preferidos. Epitáfios de um gesto bonito e tristíssimo, uma tentativa de não banalizar tantas partidas. Resumos afetivos de milhares de páginas de diários.

A primeira vacina contra a covid-19 é aplicada em uma brasileira, uma enfermeira preta, com transmissão ao vivo pela tevê. No próximo ano, talvez possamos, finalmente, andar pelas ruas pra ver os ipês em flor.

Dear Greg,

I hope this message finds you well. Quantas vezes você começou seus e-mails assim nos últimos meses, hein, Greg? E você esperava que todos os destinatários estivessem mesmo bem? Desculpe, acho que é uma pergunta inoportuna. Não é que eu tenha desejado o mal por aí, certamente não a você. É que, ao longo desse interminável ano, reavaliamos tantas coisas, não é? Eu nem sei mais direito o que vou querer mudar, quem quero reencontrar, de quem vou querer me afastar (mais) se um dia as coisas voltarem à normalidade. Sei, por exemplo, que não me importaria muito se todo mundo que colaborou para a expressão "novo normal" vingar não estivesse assim tão *well.* O *novo normal* é triste, Greg. Parece que estamos sempre atrás de migalhas. Mas eu não deveria dizer isso aqui de dentro de um cômodo com internet, brisa na janela e tudo o mais. Está tudo bem, Greg, *really*. Estou ótima. *Hope you are* ótimo *too*.

Coisa curiosa aconteceu esses dias, Greg. Eu estava assistindo a um programa de decoração de ambientes qualquer quando comecei a ver coisas na tela da tevê, espécies de alucinações visuais, que foram se intensificando. Dessas que aparecem depois que você desvia os olhos de figuras ópticas, e de repente tudo ao redor parece se mover em ondas. Mas não havia nenhuma figura dessas na tela da tevê, nem em canto algum da sala de casa. Tudo estava como sempre foi. As ondas e listras pareciam se expandir até por fim se desfazerem, mas logo outras surgiam. Comecei a mover a cabeça para os lados numa tentativa de escapar dos hologramas, mas eles brotavam de todas as direções.

Não demorei a entender que eu passava por uma enxaqueca fortíssima, conheço relatos suficientes de inúmeras pessoas que sofrem desse mal, inclusive já enviei para algumas delas um texto da Joan Didion sobre o tema. Chama-se "Na cama", está no livro *O álbum branco*.

"Contamos histórias para poder viver" – começa assim o primeiro texto, e o que dá nome ao livro. Já não me lembro se tem alguma relação com os Beatles. O que sei é que, no texto sobre enxaqueca, Joan conta que ela chegou a bons termos com as suas, que, quando a dor se anuncia ela se deita e, "ali naquele yoga imposto", se deixa estar, concentrada. Foi mais ou menos o que fiz, e aos poucos as alucinações visuais cessaram. Quando voltei para o sofá, decidi que já estava na hora de encerrar este diário de pandemia.

Acho que pensei nisso uns dias antes quando, ao fim de um telefonema de trabalho, alguém me perguntou: "Se estivesses a escrever, sobre o que escreverias?", e eu fingi que a ligação caiu. Em todos esses meses, me pareceu que só era possível escrever sobre todas essas coisas que estão diante do meu nariz, porque elas eram tão inéditas e urgentes, sobretudo incontornáveis. Agora, depois de todos esses meses, e quantos mais por vir, tudo parece opaco. Como se eu tivesse mastigado demais toda notícia e especulação, como se eu tivesse esgotado todos os cantos da casa, as descobertas e as manobras de salvamento. Como se as minhas armas, tão defasadas quanto as da FEB, tivessem enferrujado a ponto de engasgarem antes do tiro. Ou como quando Rocky Raccoon, do *Álbum branco* dos Beatles, diz a seu oponente em um duelo prestes a acontecer: "Danny boy, this is a showdown." Mas quem cai ferido é ele.

O fim do texto da Joan Didion é contundente. Ela diz: "quando a dor diminui, dez ou doze horas depois, leva tudo com ela, todos os ressentimentos ocultos, todas as ansiedades inúteis. A enxaqueca atuou como um disjuntor, e os fusíveis emergiram intactos. Há uma agradável euforia convalescente. Abro as janelas e sinto o ar, como com gratidão, durmo bem. Noto a natureza particular de uma flor em um copo no patamar da escada. Conto minhas bênçãos."

Envio uma cópia escaneada para Paloma, que sofre de enxaquecas, e acho que ainda não tinha lido este. Eu poderia falar horas sobre a Paloma, Greg – ou sobre a Bel, a Mariana, o Lucas ou o Guilherme. Contar detalhes sobre as aparências deles, sobre suas personalidades, gostos e vozes. Dizer que um deles foi meu chefe, que outro conheci numa viagem, ou que dividi um cachorro com um terceiro. Eu mesma me pergunto se, daqui a vinte ou trinta anos, eles ainda estarão por perto, e, se não estiverem, do quanto vou me lembrar de cada um, do quanto cada um poderá se lembrar de mim. Se seremos um Fernando nas vidas uns dos outros.

Não tive mais enxaquecas com alucinações visuais, *dear* Greg, o que é uma pena. Agora acho que seria ótimo se elas voltassem, eu não tentaria mais me desviar deste estranho acaso que, afinal, me faria ver outros cenários. Espero que esta mensagem te encontre bem, que um dia a gente possa se encontrar pra tomar um café sem máscaras, sem medo, sem ter que fazer um relatório cheio de justificativas e pormenores, pra que eu possa te contar um pouco dessas coisas todas sobre as quais nunca conversamos. A parte boa da escrita de diários é que ela quase sempre é inconclusiva, não precisa de uma cortina que se feche depois de um grande final. Ela apenas se esvai, sem histórias inventadas ou tramas, e sem as respostas definitivas às perguntas que a despertam e a movem. Estou ótima, Greg, mas não quero escrever mais nada. Ou não quero mais escrever *esta* história. Só quero que ela acabe.

Agradecimentos

Usei traduções de Ana Carolina Mesquita para quase todos os trechos dos diários de Virginia Woolf (exceto as passagens que falam sobre a venda de livros e sobre a gasolina guardada, que traduzi livremente); as citações de Joan Didion sobre seu primeiro caderno foram traduzidas pela Maria Cecilia Brandi, e os trechos sobre enxaqueca, por Camila von Holdefer; Svetlana Aleksiévitch foi traduzida por Cecília Rosas; traduzi os trechos do livro de Annie Ernaux.

Este livro começou a se esboçar a partir de um texto que escrevi para a revista *Capitolina,* a convite da Nara Vidal. Carlos Eduardo Pereira e Juliana Leite foram entusiastas da ideia de transformá-lo em algo maior.

Para além dos nomes que povoam estas páginas, agradeço também aos primeiros leitores: Manoela Sawitzki, Paloma Vidal, Eugênia Ribas-Vieira, Lucia Riff, Felipe Charbel, Flávia Péret. E às minhas editoras que embarcaram comigo.

E a você, que tem este livro em mãos, obrigada por ter chegado até aqui.

Este livro foi composto em Adobe Garamond Pro e impresso na Rotaplan Gráfica
em papel pólen bold 90 g/m² para janela + mapa lab no inverno de 2024.